想种一片桃林

为我，也为你

春日虽短，但来日方长

来日方长
LAI RI FANG CHANG

徐子茗 著

南方出版社
·海口·

来日方长
LAIRI FANGCHANG

徐子茗 | 著

图书在版编目（CIP）数据

来日方长 / 徐子茗著 . — 海口：南方出版社，2022.11

ISBN 978-7-5501-7888-5

Ⅰ.①来… Ⅱ.①徐… Ⅲ.①诗集－中国－当代 Ⅳ.①I227

中国版本图书馆 CIP 数据核字 (2022) 第 205368 号

责任编辑	林　霞
装帧设计	长淮诗润文化传媒
出版发行	南方出版社
邮政编码	570208
社　　址	海南省海口市和平大道 70 号
电　　话	（0898）66160822
传　　真	（0898）66160830
印　　刷	朗翔印刷（天津）有限公司
开　　本	880mm×1230mm 1/32
印　　张	7.875
字　　数	150 千字
版　　次	2023 年 1 月第 1 版
印　　次	2023 年 1 月第 1 次印刷
定　　价	68.00 元

"一起过画册里的日子"

——序徐子茗诗集《来日方长》

雪鹰

"从十六岁到十九岁,我完成了自己的第一本诗集",徐子茗曾这样介绍自己的写作。这个二〇〇二年十月份出生的大学生,第一本诗集今天终于付梓了。细读这本洋溢着青春气息的《来日方长》,我们看到了一位女孩成长的心路历程,了解了当下青年人的内心追求,以及中国诗歌的"后浪"涌动着的不可忽视的力量。

诗集的内容分四辑,每一辑都用本辑里的一首诗的标题作为大标题,准确而恰切。第一辑《春遇》,顾名思义,本辑重点选录诗人青春期里与世界相遇、碰撞的火花。无论是偶遇、巧遇、奇遇、知遇,甚至一次可遇不可求的珍贵相逢,都给青春萌动的少女留下新鲜而深刻的印象。"想种一片桃林/为我,也为你/春日虽短,但来日方长"——《种一片桃林》。这里有青春的向往,对未来的渴望。是的,一切未经之事,都有天然的诱惑。"从小,我就是个怪人/对一切事物说话/却又渐渐被扼住喉咙"——在《欲言又止》的开头,诗人的自述也是自我解析,其中"扼住"这个动词张力无限。从童言无忌的自由表达,到成长中受到有形无形的制约,不能自由言说的苦衷与无奈跃然纸上。这些生命最初的情绪、情感、情节、情致,一旦形成文字汇集成行,生命价值便凸显而出。

"只有一扇窗透着光/很亮,也不是很亮",在《天窗》这一辑

来日方长

《备用》的开头,诗人写了一扇尚未明朗的黎明之窗。年少的心灵与自然的晨光是同频的。《天窗》是徐徐拉开的帷幕,是慢慢打开的心扉,是一双好奇的眼睛越睁越大的过程,是生命之初狭小的心灵空间依托最新鲜的生命体验,构建对天地万物的认知开端。"雾气散去的间隙/我还站在楼顶,看上世纪的/人,走这世纪的路/呼吸上世纪的空气/释放这世纪的情"这是《风刮来上世纪的气息》里的最后一段,是打开"天窗"之后观察的体会,是一颗年轻的心站在时代高处发出的喟叹。这些不再孩子气、不再摇摆的沉稳语言,反应了在生理心理日渐成熟之后的诗人,已经具备透视事物表象,直达本质的能力。终于可以"打开窗户说亮话"了。这个"亮"是指灵魂接受来自自然的、人性的光照,也是从少年到青年的成长中的意外惊喜与见证。"风还在虚度光阴/思考吹向下一个山头"(《风的骨头》),"时空的裂缝。在透过一道刺目的/光后,彻底愈合了/留下的印迹,告诉自己曾经来过"(《裂缝》)。诸如此类具有深度思考的句子,在各辑都有很多,它们展示的是诗人在经历了捅破窗户纸,见到纷繁的世界之后复杂的内心,以及不断壮大的自我,正在无畏的打开灵魂的姿态。正如这首《天窗》,通过现实与虚拟的合力作用,青年诗人坦然裸露出自己的精神世界。

有风穿透我的胸膛
有声音告诉我
不必再展翅高飞
你在我的心上开了一扇天窗

我站在断崖

"一起过画册里的日子"

你坐在山脚,我看你
你也在看我

我想向前踏出一步
享受下落的瞬间
翅膀迅速张开的快感

我看见,山脚下的你
将食指放在唇间
风透过天窗,叫嚣着

铁锁夺走了我的翅膀
我睁开眼,任由身体急速下坠
山脚下,平川连绵
微风吹开心上的天窗

——《天窗》

《蓝色日记》是在大海与蓝天的底色上,铺开一颗至诚至纯心灵的华章。"我喜欢天空这件事/只有天空知道//比起荡秋千时有一下没一下的靠近/更愿意躺在地上一动不动"(《天空》),这样的秘密每一个女孩都有很多。从"青出于蓝"的角度来说,本辑流露的更多的是蓝与青之间"涩"的味道。"那些冰冷又温暖的东西/在碰撞时变成泪滴/伞下开出的城市/是我们原来的样子"(《凝固的时间》),"我们骑着它飞往璀璨的夜空/最初的我们分享同一个梦境"(《风没有停》)。在这里你看的愁

来日方长

绪是浅蓝的,还是粉紫的?"我们年少的手/修饰寂寞的天空//阳光落进心底/橘色玫瑰爬满岁月/我们渐渐褪色/月白的衣裳消失,在回忆里"(《浮云》)。这是推开天窗之后,尚未提纯至"青"之前的心灵印记。多有鲜明、独到、不可复制的淡淡的忧伤。"你笑过 说过 唱过/直到看见那朵花/飓风过境/灭了所有的声音"(《梦里花落》),"光影琉璃般的年华/在汽笛响起的那一刻/碎了一地"(《倒影》),"风吹起你的裙摆/留下一片沉睡的玫瑰/野蛮生长/蔓延"(《暮色》),"没有人知道/那时木偶睁开了双眼/没有续集。已经/全剧终"(《全剧终》)。这些带有玄秘、梦幻色彩的诗句,完全符合诗人的年龄、心理的成长过程,符合诗人成长的时代特征。青春期的敏感、多思、自闭的特点,正在打破少年纯情的童话世界,对爱的向往、对美好未来的期盼,通过冥想,借助一人一事、一念一触带来的波动,去完成心灵的慰藉与自我疗愈。

雨夜还在继续,打乱了平静的空气
艺人在屋檐下拉着忧伤的琴
吸一口烟,任琴声飘散在半空中

——《蓝色日记》

最后一辑《来日方长》,也是本书的书名。正如著名诗人、诗评家宫白云推荐语所说:"'来日方长',意味着一个不可预知的未来。"此辑主要是诗人在当下驻足的观感,是日渐成熟的思考在某一刻的逗留,是对天边的眺望与向往,是对诗与生活的真切期许。相比于前面的"青涩",这里有更多令人着迷的甘醇

"一起过画册里的日子"

和人生的五味。"我为自己斟上酒／轻摇琉璃杯／待到杯中缕缕光影／我用月光下酒"。在这首《我用月光下酒》里，诗人一改惯有的温婉、甜蜜的风格，反串了一把"豪放"角色，诗里将想象与现实，与内心的孤独和期望的无羁巧妙融合。当代妙龄女生的神形，可与当年"争渡"的易安一比。而这首《蓝海》传递出的少女情怀，其真其纯其情，以及细腻柔和的感觉一点也不亚于近千年来被人称道的李大词人。

甚至不能说
这是一片海
浅浅的，没过我的脚踝

站在这一汪水里
任凭我怎样跳跃
也没有一丝波澜

我站在，你的眼眸里
一捧浅浅的
蓝色的海

海中心
平静的漩涡
一点点，把我吞入

我慢慢地飘落
只想仔细地

来日方长

看看你的内心

蓝海在我的头顶
黑色的光环,包围着我
我在你最深处的眼眸里沉睡

——《蓝海》

  这些被称为"子茗童话"的诗在书里占有很大比例,它们展露的是诗人对爱的理解与追求,对情的解读与畅想。就像这首《空》,内涵却是十分的充盈。"一起去登山/一起去游船/一起过画册里的日子""把天堂踩在脚下/我们有比天使更纯白的翅膀",这些强烈的对美的渴望,只有诗人才能如此淋漓尽致地表达,如此找到释放的突破口,将现实与内心的反差造成对人性的压抑得以宣泄,从而使灵魂得以解脱。因此,诗人是幸运的!"我不知道风往哪去/但是,它一定会/把我们牵到同一条路上//等待收获的日子/我在秋天的路口/等你"(《我不知道风往哪去》),"总有人在梦中,错过/八月的海"(《八月》),"微笑着看他的背影/在光晕中眯了眼/秋千从最高点落下来时/梦境泻了一地"(《清明》)。这样的诗句书中比比皆是,描摹的场景、画面里的翩翩少年都如仙子仙女一般美好,淡淡的情愫、深深的眷恋拿捏得精细、准确、适度。"再十年,依旧为你撑伞/没有告别也心甘情愿"(《十年》),"我想让你/站在离我最近又最远的地方/垂眸能看到你/抬头也能"(《秋天的海》),"我习惯在睡前读一篇童话/省去复杂的情节/公主和王子单单纯纯走向幸福的结局"(《晚安》)……这些真情饱满的诗句,正是诗人精神谱系的原色。是的，来日方长。是的，来日就该如此……来日里，"月明星稀的夜／前方长路漫漫／不曾老去，也不必分离"（《来日方长》）。

笔者注意到，诗集的四辑分割，只是从诗作标题或主旨方面的大致区分，是编撰思路的需要，当然也是为读者快速进入诗人的世界，做一些概括与梳理。从这些诗作的技法和主题看，四辑之间没有太明显的本质区别，而在旨意上各部分之间的互文效应却是显而易见的。作为青春期写作的硕果，《来日方长》最大的特点，是与诗人心灵成长相随的，充满童话色彩的质朴认知与蝶变，以及本真人性的呈现。在这本充满童话意味的诗集里，许多作品都是以对话形式行文的。对话的对象有他、它、他、你、我，涵盖了世间的万物，当然也包括"另一个我"。就写作主题而言，除了上述与少年成长、青春抒怀相关的"个人史"的诗写，本书还有对于底层社会的观察，和对于生养自己的这片土地的挚爱之作。尽管由于阅历的局限，这样的篇幅不多，但以此可见作为优秀诗人的品质，兼济天下、诗以载道的传统，在子茗身上已经生根。

徐子茗的诗，没有故作高深的炫技，也没有只顾倾诉而丢下诗性的潦草或匆忙。诗里惯用的修辞手法是隐喻、象征、通感、比拟等，这些修辞与诗人面对的现实，结合恰当的想象呈现出诗歌本来的面貌。自然、清新、唯美、灵动。"我是一个随意的人／莫名闯入别人的故事又突然离席／门口的绿植遮遮掩掩／还有对面那堵白花花的墙"在《侧门》这首诗里，诗人在漫不经心的叙述里，顺势牵出诗意，留白与转换之处不露一点痕迹，看似无意却有意，

来日方长

看似无关又有关,语言内部蕴藉着机智的思考与浓郁的回味。此类技法的运用还有许多,比如:"家猫在窗台上趴着/垂下尾巴扫来扫去/影子投在花瓣上一晃一晃"(《隔壁人家的春天》),"时光机始料不及停了站/消磨了岁月,看清了日月/那些让我们脸红的人终都红了眼"(《路过人间》),"蟋蟀带上讯息沿着黄经线赶路/一个人的气息传过来/她看到了一朵芝麻花"(《小暑》)。这些诗句通过意识的自如流动、场景与心灵的转换,隐喻或暗示等的使用,直达诗的核心,毫无造作、浑然天成。

作为稚气未脱的青年,子茗诗歌里的思辨与哲学思考,是惹人注目的。它与大多数"童话"式的青涩表达相辅相成,构成生命成长的完整风景。"你的题目是我的题目"(《你的题目》),"每一次相遇都是重逢"(《春遇》),"那年夏天再也回不去/追梦的那群少年也不再是我们"(《那年夏天》),"光线,最终打散在水面上/一抬头,竟是满眼的水草"(《无题》),"彩虹后的那片乌云/将整个城市照得光芒四射"(《柒》)。无需再罗列诗里的佳句了,这些看似对立甚至相悖的诗句里,蕴藏着诗化的张力,将读者带入真实的画境与广阔的思考空间。诗意盎然。

　　我有一些想说的话
　　隔壁人家传来单调的音符
　　没有旋律,没有歌声
　　风还未乍起
　　鸟在老人的叹息中惊叫着飞走
　　脚步忽急忽缓

"一起过画册里的日子"

惹得油锅香气忽近忽远
我没见过他们
古钟等着棒槌打发时间
嘻嘻哈哈看孩童把太阳推下山坡
我那些想说的话，还没说出
——《无语》

靠奇异的想象与世界的对视，形成意识的流转从而实现强烈诗性的作品中，这首《无语》应该是其中的代表之一。其技艺也可看做诗人目前的水准，有兴趣的朋友可以细读、品读，寻找意象间的关联与巧配，感受其中的妙处。

当然，作为中国诗歌的"后浪"一员，徐子茗的诗不可能完全符合当下诗坛的评判要求。它有年轮的烙印，有阅历的制约，有起步初期不可回避的稚嫩与蹒跚。比如，比较老套的铺排，语言的凝练度，主题的偏狭，等等。这些不是诗人本质上的问题，是需要时间、生活与勤奋的付出，才能获赠的财富。三年的诗写，花季的岁月，一切才刚刚开始！正如她在《立春》里写的："这里是立春／零的起点／他们的脚步在这里落下／前面的路途还遥远。"

2022 年 10 月 10 日于坛头

目录

第一辑　春遇

种一片桃林 …………………………………… 2
墙上有个钉子 ………………………………… 3
侧门 …………………………………………… 4
隔壁人家的春天 ……………………………… 5
一个人在江阳 ………………………………… 6
时间煮酒 ……………………………………… 7
对饮 …………………………………………… 8
月亮都知道 …………………………………… 9
离心最远的地方 ……………………………… 10
琉璃 …………………………………………… 12
星光 …………………………………………… 13
消息 …………………………………………… 14
知了的春天 …………………………………… 15
路过人间 ……………………………………… 16
爱是具体的 …………………………………… 17
我的眼睛没有问题 …………………………… 18
暗香 …………………………………………… 19
风，把你卷了进去 …………………………… 20
重逢 …………………………………………… 22

欲言又止	23
三月	24
路遇	25
经过	26
正在路上	27
岔道	28
溯	29
你的题目	30
想一下总可以吧	31
来路	32
孤独	33
光	34
省略	35
凝视	36
神和乞讨者	37
为你读诗	38
春遇	39

第二辑　天窗

备用	42
坏人	43
风的骨头	44
指纹	45
最终章	46
无语	47

目录

催眠	48
焐	49
风刮来上世纪的气息	50
异类	51
另类	52
裂缝	53
门,已经关上	54
老庙	55
调头	56
远村	57
树	58
等待	59
碎片	60
续写	61
马蹄铁	62
夜	63
点到为止	64
趁天还没有黑	65
点燃	66
结局	67
雨后	68
本来	69
门	70
我允许	71
夜色	72
无尽夏	73

深白色	74
灯火	75
雪的印记	76
沙漏	77
健忘的人	78
窗前	79
天窗	80

第三辑　蓝色日记

天空	84
留声机	85
凝固的时间	86
风没有停	88
浮云	90
流岚	92
梦里花落	93
倒影	95
距离	97
暮色	99
无题（一）	101
无题（二）	103
时差	105
重回	107
红色的影	109
我的国	111

目 录

杂货店	113
雪山	115
草地	117
齿轮	119
一半	121
那年夏天	122
秋风里的秕谷	124
雨的印记	125
预兆	126
路口	127
我想说的	129
冬天，写下更多的诗行	130
拐杖	131
20，20	132
月光的谎	133
你听	134
她说	135
吾梦	136
无题	137
筹码	138
信使	139
忘记你的时候	140
问你	141
做梦	142
悬念	143
凌乱	144

喷泉 ·· 145

一个人 ·· 146

沉默 ·· 147

有趣 ·· 149

伤口 ·· 151

角落 ·· 153

全剧终 ·· 155

蓝色日记 ·· 157

第四辑　来日方长

我用月光下酒 ·································· 160

影子 ·· 162

全世界 ·· 164

把你藏在心底 ·································· 166

我怀念的 ·· 168

白光 ·· 169

白树林 ·· 171

蓝海 ·· 173

空 ·· 175

我不知道风往哪去 ·························· 176

八月 ·· 178

寻找时间的人 ·································· 180

染 ·· 181

立春 ·· 183

雨水 ·· 185

目录

惊蛰 ································· 187

春分 ································· 189

清明 ································· 191

谷雨 ································· 193

立夏 ································· 195

小满 ································· 197

芒种 ································· 199

夏至 ································· 201

小暑 ································· 203

大暑 ································· 204

十年 ································· 205

水的等待 ····························· 206

玻璃 ································· 207

一个人的演出 ······················· 208

钢琴家和调音师 ···················· 209

看星星的人 ························· 211

秋天的海 ····························· 213

等一个回家的人 ···················· 215

多年以后 ····························· 216

明天 ································· 218

晚安 ································· 219

我是一座岛 ························· 220

一天又一天 ························· 221

落叶 ································· 222

来日方长 ····························· 223

隐匿的真实 ························· 224

第一輯 春遇

来日方长

种一片桃林

想种一片桃林
为我,也为你
春日虽短,但来日方长
定能看见桃花满林

在你的世界留下一隅
让岁月像树叶慢慢呼吸
根茎叶连在一起
期待又回忆每一次花开

要种一片桃林,
不为三生三世
只愿此生有幸
我陪着你,不只花期

第一辑 春遇

墙上有个钉子

我想我应该画幅画
能一眼就看到外面的花园和海滩
我要这样一个窗子,用最精致的窗帘搭配它
还要在水晶杯里盛满鲜艳的液体
栀子花要种满一路
每走一步都会惊艳我的鼻腔
在甜腻中跌跌撞撞
要有一个中心岛,划船去看日落
应该还要一盏明晃晃的白灯
当作月光洒下来
这一定是一幅好画
我盯着墙上的钉子这样想

侧门

躺在床上
双脚搭着枕头
这便能看见侧门外
屋内的陈设陪我安静地呼吸

太阳不停移动
我看着各式各样的鞋
墙边不断变幻的影子
穿过身体的日子

争吵和秘密
被细长的门框切成一条一条
衣摆和裤脚
被风剪成一片一片

我是一个随意的人
莫名闯入别人的故事又突然离席
门口的绿植遮遮掩掩
还有对面那堵白花花的墙

第一辑 春遇

隔壁人家的春天

隔壁人家种了向日葵
带一点点阳光
伸到我家院子里

永远不会消失的色彩
开在隔壁人家里
对着晴天
让我嗅到空气的气息

家猫在窗台上趴着
垂下尾巴扫来扫去
影子投在花瓣上一晃一晃

一个人在江阳

江阳的夜很冷
凉风寒月和我，孤身一人
你离开了，在陌尽处种了花

我拎一壶酒
邀明月敬花神
盼花缓缓开
整晚整晚的夜如酒似梦
像酒醉的青衣唱自己的歌

我一个人在江阳
拎一壶酒追着你的影子
浪荡滩涂

第一辑　春遇

时间煮酒

时间翻涌成雨
冲刷了一切，抹平了痕迹
我却忘不了花间那壶酒

那年夏至许下的约定
终究在夏末化成泡影
和酒气一起蒸发到世界的尽头

夏草芃芃，酒香离离
花落梦多路长远
今日我可否再饮一杯

对饮

人生匆匆如流水
一转眼，一舫酒
过往云烟似浮云如梦境

躲在屏扇后的你
住在月亮上的你
藏在影子里的你
总能闻着酒香出现在我面前

我想，邀一人温酒听风雨
忆香泼诗墨
小舟泛泛，泸州烟雨
都存于一坛酒中

第一辑　春遇

月亮都知道

影子被融进地面
抹去了胆怯
月光把我们冲刷到褪色
行走在冷辉的照耀下
有些人攒够了六便士准备去看月亮
月亮都知道
默不作声地在位置上等着

离心最远的地方

有一只紫色的蝴蝶
从紫色的雾气中
向我飞来

我问它,你是否从最远的地方来
从一个紫色雾气背后的地方
它不说话

一次一次的扇动翅膀
我站在蝴蝶的思念里
一朵花,枯萎了
一个人,离开了

紫蝶。你又如何懂得
总有年老的人用余生
来固执地做一件事

第一辑　春遇

我甘愿看一只小小的蝴蝶
在我心头飞舞，我宁愿
紫色的雾气更加厚重
让我，不必再睁开双眼

琉璃

我有一盏琉璃灯
你有一颗琉璃心

我有一条旧襦裙
你有一条石板路

琉璃灯转
我像走马环绕着你
穿越世纪，走进你

月光也将朱红色的墙
照成血色，倒影
在护城河里，一闪一闪
像琉璃，像你的心

星光

在花路的尽头,看月亮贩卖光
一点一滴变成星星
借它的光看看世界
手捧鲜花为你祈祷
有一瞬的光真实地照亮了我

消息

你说，要亲口告诉我件事儿
买了只画眉鸟挂在门前
还没来得及为今天的太阳献上一枝花
过了马路住进河对岸的房子里
你说，过些天再告诉我
野蔷薇在别人的心房绕了几圈
鸟笼在墙上留下了影子
收拾好旅途的行囊
你说，要写封信给我

第一辑　春遇

知了的春天

知了许是不喜夏季
才不停叫嚣
畏惧乏味的秋和萧瑟的冬
把自己的心放在春天休憩

群居也好，独身也自由
在温润的土里孕育自己的曲
奈何离不开潮湿的环境
幻想春天的绿叶

路过人间

为什么不坐在那一小块长了青草的地方
等雪慢慢化开,再学会告别
地狱可怖,天堂甚好
时光机始料不及停了站
消磨了岁月,看清了日月
那些让我们脸红的人终都红了眼

第一辑 春遇

爱是具体的

和你同在一个城市,隔着温和的雨夜
我被光所诱惑,贪恋着你的睡颜
窗台上翻飞着我们的画册
还有城墙下,你站在我身边
隔着纱窗看一年四季的树叶
听倒带也回不去的老情歌
某个夏天的海岸线很长也很短
沙子知道你躺下时的印迹
我会给你每个答复写上句号
再写一千二百零八行情诗
藏在废弃的牛奶箱里

来日方长

我的眼睛没有问题

我慢慢静止,蹲下身体
直到瘫倒在地上
纯白的眼球目不转睛地盯着
长犄角的神就在咫尺
我知道,只有我知道
我们是精美工艺品内胆的破碎
折断神的翅膀
冲破清透的禁制
看见心脏仍在持续跳动,才假装完美
被毒哑了嗓子扔进真空的屋子
任凭呜咽与高歌,发不出任何声音
熄了灯睹住耳朵,看见
我是一颗虚假的棋子

第一辑　春遇

暗香

我想我可能是感冒了
闻到钻石碎了一地
裂痕是突然出现的，谁也不知道
崩坏也是突然发生的，只有我知道
它们坚挺地立在地面上
假装自己还是完整的
我不清楚，模模糊糊地思考
这是它们告诉我的，我闻到的
一种巨大的恐慌袭击了神经
蓦地消失后完成一次华丽的现身
我才发现自己碎了一地，我闻到的

风,把你卷了进去

联觉症不是病
是超能力
我一直这样认为

你总说,风是黑色的
在遇见我之前。但
从那以后,开始有了新的色彩

你知不知道
每次看见黄色的风裹挟着你
世界有了温度
有了音乐

画室,只有颜色的堆积
风把我带走的那天
它们都会化成阳光

第一辑　春遇

我离开了
我看见你的泪是蓝色的
透明，带有温度的

最后一瞬间。我看见
风，把你卷了进去
周围是黄色的光

重逢

我小心翼翼推开咖啡馆的门
要了杯拿铁,转头看见
坐在窗边抽烟的你

耳边循环着老歌
有人慢慢摇晃着身体
你转过身,朝我轻轻一笑

上一世的有轨电车
在窗外的路上缓缓向前
你匆忙跑进我的咖啡馆
撞响了门上的铃

欲言又止

从小，我就是个怪人
对一切事物说话
却又渐渐被扼住喉咙

"蜘蛛，你歇会儿"
我又静静地看着它织网
"姑娘，你别走"
我又看她撑船离开码头

树枝眼看着断了
仿佛有谁在操控着一切
总想说些什么
但又邪恶地看着一切在发生

来日方长

三月

一直想用春风勾勒你的身姿
为你写下蒲公英一样
旋转飞起的恋歌
你我和春天,都能听懂的音符

寒气冻住了我的双眼
我在等待摇篮里的日月星辰
整幅春日的绚烂都在我心里
酝酿许久,终于蠢蠢欲动
冲破磐石般的枷锁

即便我曾经是个小孩
也渴望三月的光景
在冰川解冻的日子
看风卷起衣摆

第一辑　春遇

路遇

我站在房子里
一楼的窗前
隔着透明的窗
看来往的人

我举着一支红玫瑰
奋力挥舞
只为有缘人能看向我这里

没人看也无妨
我不快乐也不悲伤
一只小鸟站在窗前
看着我挥舞的红玫瑰

来日方长

经过

路边的树掉了颗果子
老人卖出了糖葫芦
风把落叶吹得措不及防
那群孩童谁赢得了风筝
飞鸟离开前,枝头晃动
雪,撒在冰面上
越过山头,与一棵草告别
光,照亮身后的脚印

正在路上

在山坡小道上
写信给遥远的彼岸
溪流从树梢上挂下来
穿过岩缝和陌生的人家
走在我想要走的路上
直到眼前，多了黄昏的色彩

岔道

光，照着花路
冷人的眼
端庄美丽，一幅挂在厨房的画
挡着墙上擦不掉的油渍

麻雀飞向小路
消失在空气里
阳光直射下来
风呼啸，告知雪莲盛开的讯息

第一辑　春遇

溯

擦去电线杆上的痕迹
回想向阳生长时的平行线
麻雀对着台词
揣摩情绪
看不清云层的消散
干涸的河床在镜子前溢满了水
绿色的叶片飘落
孩童懵懂地看着光影琉璃的世界

你的题目

你的题目是我的题目
卷了卷纸边,藏起尴尬的空白
我的题目是你的题目,隔着日历
你在模糊的岸边朝我招手
在写满一到十二的圆盘上
小心翼翼跳着探戈
鼓点终止,落叶四散
在逆光处写下你的题目

第一辑 春遇

想一下总可以吧

在空闲的日子早起,坐一趟 2 号线
按照熟悉的路线等待车门打开
把自己混杂在人群中
从这节车厢挤到另一节车厢
身旁的人像电影放映,叫嚷着去远方
在终点站坐一下午为了等黄昏
再坐回起始站,混杂在人群中
从这节车厢挤到另一节车厢

来日方长

来路

树枝从山头的断层处忽地伸向天空
在没有星星的蓝布上恣意地舒展
栅栏在土地的结痂处向上生长
所有的花都从墙面裂缝里爬出

迈着扭曲的步伐从日光走到阴凉
水流从看不见的地方流过脚边
到达无人知晓的深涧
台阶带着路人的脚印，向高处攀岩

孤独

最荒谬的不过是独自一人
站在没有树和花草的院子里
我感到尴尬和窘迫

我努力想要触摸到天空
却没有人为我摘下一片云朵
一个人看雨,一个人听风

夜深即闭眼
梦境甚至都不愿光顾
我像是一个傀儡
平静地度过没有光线的几个钟头

来日方长

光

坐在岸边,看水里的波光粼粼
看城市的点点微光
有风有星星的夏夜像我们的初见

你拨开水面"我们终将上岸"
心之所向便是灿烂之处
盛满杯光,游深处海

星河灿烂,虽转瞬即逝
城市的角落依旧为我点亮
终会洒在我的身上

第一辑 春遇

省略

关掉必选歌单
拿起提前收拾好的行囊
坐上开往春天的列车
不知道路的尽头有没有和树根连在一起
江边烟花的星火落入了谁的梦境
山顶的晚风吹向了哪里
开在年少的小心思被遗忘风里

凝视

"今晚月色真美"
鸟在树梢看着月亮
想坐在你身边,和你聊聊

时针偷偷望着我,畏缩前行
我盯着火苗,它继续肆意妄为地跳
光影一点点移动,夏至总该会来

月亮凝视着我们,涌起淡白色的云
"今晚月色真美"
我们各怀鬼胎,妄想将头埋进水里
倒影立了起来,毫无保留地看个究竟

神和乞讨者

用我能想到最美的颜色
涂抹树叶和花朵
把古墙刷成电影里的相片
只为等风把你吹来
"我会永远珍惜你"

我只能远远看着你穿过白桦林
可怜的双脚无法移动,站在阳光里
种子在心间犹豫着是否要破土
我不能像操控一切那样,让它
一闭眼就发芽

我将世界造成你喜欢的样子
有时候等你来
满心欢喜,有时候

为你读诗

夏天一来,日子更加漫长
坐在岸边写下咸咸的海水味道
迎着蓝色海风为你读诗

"种一棵树,等它结果"
"开一扇窗,等到天明"
我牵起你的手,把世界绘成斑斑驳驳

天上的白帆,水里的彩云
我躺在岸边搁浅的小船里
数着星星,为你读诗

第一辑 春遇

春遇

每一次相遇都是重逢
树林上方的天空逐渐向浅色过渡
鸟从树梢飞到陌生的枝头
也依旧能歌唱

即使头顶是璀璨星辰
我也觉得你我站在阳光里
像两棵依偎在一起的树
看着影子在脚下慢慢跑

不奢求永恒的春天
只愿在这些日子里能播下种子
埋藏好我们的约定
每一次重逢都是为了下一次的相遇

第二輯 天窗

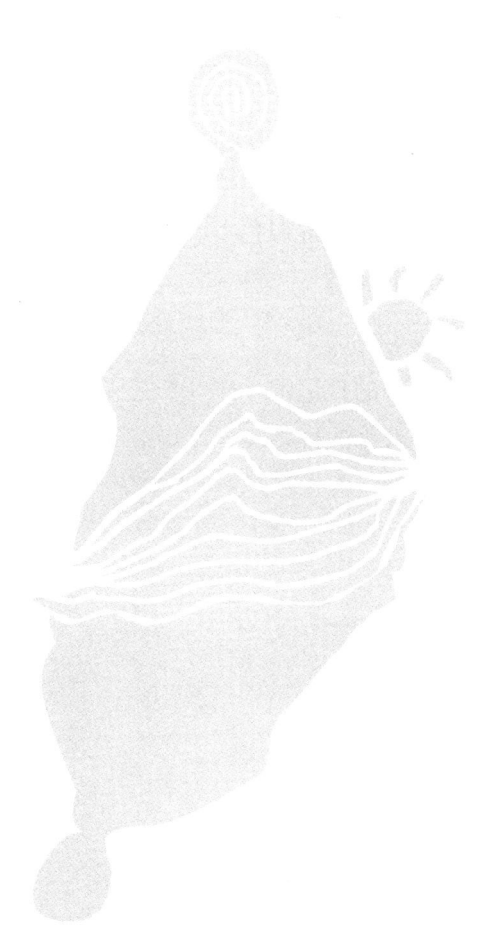

备用

只有一扇窗透着光
很亮,也不是很亮
在墙壁上留下一片白色
不舍笔尖的摩擦
纠结每页纸上的字
角落里码齐的日记本
等一个没有光的日子

第二辑　天窗

坏人

每一块砖都精准测量
把数学公式混合在墙面
便利贴埋没在泥土里
玫瑰很红，和瞳孔的颜色一样浓
站在阳台上看外面新鲜的盆栽，
和屋檐上飞不出去的白鸽

风的骨头

风空有一副别人羡慕的好皮囊
把自己挂在树梢上
自己裹挟着自己
故事的开始,回到了苗木出圃的样子
部分情节沉睡在掀起的海浪里
一点点打造成画框后的笔触
风还在虚度光阴
思考吹向下一个山头

第二辑　天窗

指纹

时间不会说谎,也不能够说谎
在隐秘的墙上留着年少的花火
等花谢了几丛
奢望墙皮脱落能带走笑话
雨后的水渍说没用
试图用油漆遮瑕
但是没用,完全没用
蘸一点白色染料,把指纹刻在骨头里
稀释风沙的影子,只想一层层叠加
在隐秘的墙上留下一串乱码

最终章

咖啡填满空气中所有的罅隙
突然空旷的校园和停下的笔
纪念头顶的灯
植物生长被按下快进键
最终在暖阳里化成酸雨
玫瑰和仙人掌,即便到了现在
也是带刺的。轰轰烈烈的前奏
让钟表匠带走
结尾的缺口在梦境档案馆里,存放着
没有保质期。终将被续写

无语

我有一些想说的话
隔壁人家传来单调的音符
没有旋律,没有歌声
风还未乍起
鸟在老人的叹息中惊叫着飞走
脚步忽急忽缓
惹得油锅香气忽近忽远
我没见过他们
古钟等着棒槌打发时间
嘻嘻哈哈看孩童把太阳推下山坡
我那些想说的话,还没说出

催眠

头疼

感觉知了爬进去拼命尖叫

全世界一起共鸣

好疼,大脑漂浮在半空中

等痊愈了,要完成新的任务和旧的目标

去参加光影交错的晚会,和陌生人说心里话

吹吹江边的风,和冰冷的雨共舞

还有很多要做的事

偷偷睁开眼瞄一下医生

头更痛了

一切还是等挂完这瓶水再说吧

第二辑　天窗

焐

凝固的雪封印了空气
可以踩着雨滴通往天堂
剖开冰冻的心
把缓慢移动的时钟放入胸膛

荆棘蔷薇缠绕着身体
在眼睛里开出娇艳的花
街角的歌声令人着魔
时钟的零件迸落在石头路面上

冲破爱的禁忌
沿着火车轨道一路奔跑
在月光皎洁处华丽谢幕

风刮来上世纪的气息

我喜欢打开祖母的衣柜
深嗅淡淡的霉味
在废弃的车站
闻铁皮火车生锈的味道

站在一堵墙前
让它好好地凝视着自己
审读它的前世我的今生

光斑温温地灼热着
一封信的上世纪的
日期。火焰在半空中
舔舐着大脑飘散出的分子

雾气散去的间隙
我还站在楼顶,看上世纪的
人,走这世纪的路
呼吸上世纪的空气
释放这世纪的情

第二辑　天窗

异类

别跟着我对我指指点点
嘴巴上锁，请注意亮起的
警戒线

习惯在黑夜里，
疯狂嘶吼，在制高点
捏碎流言蜚语

天生准备好和强者对决
抵抗，猩红的目光

非议，只是小丑马戏
关在怪物的牢笼
我愿意

来日方长

另类

在晴天,穿一件旧雨衣
坐在阴暗潮湿的角落,反复转动
手中丢失齿轮的音乐盒

享受失聪人,雨天
弹奏音乐,在阳光下
暴晒后的欢愉

无人能忍,我站在
城市的最高处,冷风清冽
发丝恣意飞舞

第二辑　天窗

裂缝

城堡，在变成废墟前的最后一刻
有一道彩虹冲破天际

纸飞机在被展开前的最后一刻
从角落的少年手中飞出

给站在路面上的人一条弧线

墙上的时钟，在破碎前的
最后一刻，被老人转动了
旋钮，回到长草芃芃的年代

轮椅上的女孩，在坐下前的
最后一刻，淋着雨
陪自己心爱的少年奋力奔跑

时空的裂缝。在透过一道刺目的
光后，彻底愈合了
留下的印迹，告诉自己曾经来过

来日方长

门，已经关上

天窗，成了唯一的入口
红日从水里浮上来
身后拖着一抹绯红

把深夜的黑剪成画布
从窗口拉进来
泛黄的梦被撕碎塞进枕下
一墙之隔，锁不会再开

第二辑　天窗

老庙

猫有棵长在古墙内的树
蝴蝶有朵开在树下的花
小和尚的竹蜻蜓飞上屋檐
蒲团前的焚香将世间烦恼化为青烟

来日方长

调头

当树在光亮的高楼前闪着墨绿
碾碎路面上的波光粼粼
和双层公车擦肩而过
越过耳边酒吧的鼓点
朝霞光,驶去

被喧嚣屏障过滤到,只剩我一人
在电影的公路里,风
吹起草的野性
把兰州的软绵从车头带到车尾
我看眼前云涌成海,和头顶的山峰连着
"您已偏航,将为您重新规划路线"

远村

房屋之后是一片的开阔视野
天际线处的深影飘渺又真实
月亮搁浅的地方
没有炊烟袅袅却有酒旗飘摇
夕阳融化在酒杯中
青葱岁月泛起微光

来日方长

树

折断翅膀的天使回到人间
摘一片彩霞裹挟着夕阳
树是那棵树
夏季是山城的晚风
不知少年的脚印绕着山头跑了几圈
遗憾埋藏在嘉陵江眼前的老树根下
留下人来人往的故事

第二辑　天窗

等待

一扇窗，一种景
站起来又坐下，看着她裙摆上的褶皱
她是个心疼自己的人
周遭变化无常
也盛装出席每个日夜
承一树阳光，一树雨雪
揉成无限风光待到灯火通明

来日方长

碎片

天光乍亮
海风撩得惊鸟铃叮当作响
厅前落叶盛满昨日的雨夜
被堆积到续写故事的墙角
咸咸的气息滑过鹅卵石的裂痕
路过堂中的水池一路吹向后院
天海相接处的白光被梁柱分割成小段
映着短册随风浮动的影

第二辑　天窗

续写

蝉鸣一点点隐退
夏天的故事到了末尾
把遗憾转变成带着白露的秋阳
所有的不期而遇都在碰撞
没讲完的篇章在这里续写
看着风把黄昏刮成碎片扔进小巷里
色调一点一点温热起来

阿嬷在栗子味的阳光里
慢慢熬着橘子糖
树叶还没开始起舞
等待一个轻踩落叶的日子

马蹄铁

草原的风
把祖父的皮肤吹出古铜的光泽
烟管里飘出旷野之上的云
身旁的马看着祖父
看他望着遍野的草
祖父没见过海,一辈子守着火钳
草根狠狠地吸附着土壤
马蹄铁淹没在草尖的舞姿里

第二辑　天窗

夜

醒来时，车轮从我头边辗过
努力提起身体，看落日切影
所幸，还能享受黑夜

我只为一人跳舞
深情且庄重
在繁星点缀的幕布下

点到为止

忘了什么是自己
风阻止调整时空的步伐
在月光下的沙滩上,回想
熟悉的舞姿
玫瑰在枝头
我不敢再靠近
海平面,闪动着暗示

第二辑　天窗

趁天还没有黑

天未黑,我们加快脚步赶路
在开满鲜花的山路上放声歌唱
我们会到达想到达的
我们会遇到想遇到的

趁天还没有黑,将园子里撒满种子
不必等那冰凉的月光盖在头顶
等鸟归巢的影子
搁下锄头,关上园子的门

黑夜总会来
放下一卷窗帘
早早点上一盏灯
趁天还没黑

点燃

看一个人表演魔术
魔术师站在舞台上
和他搭档的一只兔子
给一个人表演魔术

火焰燃烧着花瓣的边缘
在火星迸溅的最后一刻
花束完好无损
没有欢呼没有谢幕

台上人只看见火焰
台下人戴着假面
心照不宣完成无数次表演
直到幕布化成灰烬

第二辑 天窗

结局

朗读者坐在海边讲着海的女儿
脚边围着一群孩子
美人鱼喝下了药水
　"结局是什么？"

吊着你的心
让你满怀期待猜想
谁又知道故事开始了就不会有结局
昼夜也不停更替

朗读者继续讲述
不断推进时间的车轮
碾过泛黄纸页上留下的墨痕
　"海会告诉我们一切"

雨后

被水擦亮的地方闪着光
站在树下看星星散落

看不见的地方
有云还在翻涌
行人走过,踏着水花
泥土准备迎接一场新的洗礼

我也是陌生人
不忍破碎平静的水洼
等雨滴在皮鞋上弹跳

城的另一端在招手
伞还未干,帽檐仍湿
越过城市的背脊,寻找新的答案

第二辑　天窗

本来

看见另一个我，在用放映机播放彩色电影
光影穿越过来变成现在的书页
影片里演绎着曾经的桥段
我的失聪者看见他们奋力朝我挥手
从过去到未来
巨大的冲击力撞碎隔膜
电影断了，放映机崩裂
我和他们停在原地一动不动
看见另一个我把我拉向我
他们说着听不清的台词
不知道是谁继续放映电影

门

是谁在四围的墙上开满了门
死死地,钉牢在砖缝里
发光的东西四面八方射向我
丁达尔效应让我透不过气
想要逃走
困在自己的监狱里
试图贴着墙根掩耳盗铃
在注视下一圈一圈地走
设法变成方正的样子
有一颗通透的心
越过一亩见方的地

第二辑 天窗

我允许

月光跟着太阳的脚步
带走一部分我的记忆
每天下午三点都
在中心街的玻璃房子看影子
直到对面楼房亮起灯
桦树藏在暗面
有个男孩会拿着一束花
从西边的童话里,绕过钟楼
在看不见的地方有个花店
再去买束花

夜色

一眼能看见玻璃上的倒影
恍恍惚惚,来不及分辨
双面镜连着里面和外面
是白天的虚设
无论如何都是白天在操控
我努力看清每个屋顶的颜色
想象路灯是在早上也亮着的光球
当关掉室内的灯,我害怕起来
看不见玻璃上的倒影

第二辑　天窗

无尽夏

看不到尽头的长坡有条路
搅动着橘子味汽水
游走在冰块里
暴雨唱了一首悲伤的歌
表达快乐的心情
跌倒在玻璃瓶里
成了栩栩如生的标本
暂停键被融化
所有的平行时空，都播放着
未成曲调的小样
发不出的邮件和没写完的信
不再更新

来日方长

深白色

秋千荡到最高处
你回眸看了我
白色的眸,白色的发

厚重的白色
层层堆积
也不能与你的白相比

黑夜,无法给你黑色的双眸
白昼因你的凝视
红了脸躲进黑夜

你说,我从不曾认识深白色
这是比黑色还深的颜色
一点点,残酷地将美丑覆盖

呈现孩子般的天真
却无人知晓
背后深如黑洞的笑

第二辑　天窗

灯火

光找不到的地方
在黑色房子里，点一盏灯
映着外面来去匆匆的人影
火焰，反反复复地按回灯罩里

慈悲扔进水中
祈求神明的救赎
一河灯火掩盖不了角落的黑暗
孩童提一盏灯，从教堂里走出
点亮了地平线

雪的印记

窗前有雪在飘,从最远的北方
天地没了知觉
猖狂地盖住所有本来的面目
冰封住了离人的脚步和可怜人的泪
白色一点点堆积,一些些飘散
看不清方向,迈着混乱的步伐
狡黠地偷走你我的时间
窗前投下的黑色影子也变得纯洁
伪装成美好的样子

沙漏

落寞从细小处溜出
失落的泪光蒸腾成玻璃上的水雾
当伤口慢慢褪色
回忆的沙漏坠落,绚烂了整个星空

总有暗淡的石子卡在回忆里
固执地阻拦光阴的燃尽
亮光从苍穹一闪而过
将思念的心藏在黑夜深处

健忘的人

住在记忆对面
不厌其烦地听同一段故事
唱片机里循环着唯一的 CD

我背着空荡荡的行囊
一路与人交换
下雨的日子
拿着旧车票在站台等待
不知故人，不知归期

第二辑　天窗

窗前

没了光的照拂
窗外和屋里一样黑
我卸下盔甲晾在月下
坚硬的外壳闪着凌厉
所有的人都有了均匀的呼吸
看清自己心中的雨下了多久

坐在窗前
欺骗自己依旧身处黑暗
禁锢在窗框里
麻痹在这一见之地处
分不清现实交错，还是在梦境

天窗

有风穿透我的胸膛
有声音告诉我
不必再展翅高飞
你在我的心上开了一扇天窗

我站在断崖
你坐在山脚,我看你
你也在看我

我想向前踏出一步
享受下落的瞬间
翅膀迅速张开的快感

我看见,山脚下的你
将食指放在唇间
风透过天窗,叫嚣着

第二辑 天窗

铁锁夺走了我的翅膀

我睁开眼,任由身体急速下坠

山脚下,平川连绵

微风吹开心上的天窗

第三辑 蓝色日记

天空

我喜欢天空这件事
只有天空知道

比起荡秋千时有一下没一下的靠近
更愿意躺在地上一动不动
贪婪地看着它的面庞
让呼吸和云一起飘动
就好像我也是天空掉落下来的一朵云

不喜欢有人对着你大喊
轻微的振动也会打乱你我的节奏
在这日光里我不愿负你
我的气息和你的透澈慢慢前行

留声机

我有一张唱片
没有旋律只有说辞
阁楼里有一台留声机
有播放者有听众

住在无人的街道
在阁楼里独自播放唱片
像个听众，听自己的声音
从留声机里流淌
期待又害怕，
有心人将这话语偷听了去

心里的风吹雨打，花开花落
锁藏在唱片里
我关掉留声机，带上阁楼的门
祝好梦，晚安，我的朋友

来日方长

凝固的时间

第一次在雨中遇见
我不相信一见钟情
第一次听这首歌
没想过它会陪我每个夜晚孤单

摩天楼互相静默
我们的心情压抑
任时光匆匆走过
冲刷泛黄的记忆

你听着别人的故事
过着自己的日子
我唱着温馨的歌
我们有着原来的样子

有风吹过
有花落下

第三辑 蓝色日记

有你陪我
有时间流走

我的执念
缱绻在时间心里
你的爱恨
蜷缩在时间手里

那些冰冷又温暖的东西
在碰撞时变成泪滴
伞下开出的城市
是我们原来的样子

风没有停

你看见那只海豚吗
我们骑着它飞往璀璨的夜空
最初的我们分享同一个梦境

在浩瀚的宇宙里
看见无数的星辰
风还没有停
海豚,我们可以继续前行

四季更迭了,变幻了
我们变了,失去了
又回来了,忆起了

那眼神交换
花儿开了,谢了
我们相爱了,分离了
又哭着,笑着,唱着

第三辑 蓝色日记

那誓言说过
天黑了,又亮了
我们走过了,忘记了
又回头看,消失了

风没有停
它的颜色是你的泪滴
阳光为你停在枝头
它的声音是我的梦境
蝴蝶为我滑过寂寞

风没有停
我们还有力气迎风飞翔
过往的碎片开出发光的云彩
记忆的瓶子沉入无尽的天空

你看那只海豚
还在夜空飞行
只要风没有停
现在的我们就在同一个梦境

浮云

水草浮出水面
像天边飘落一片云彩
我们年少的手
修饰寂寞的天空

阳光落进心底
橘色玫瑰爬满岁月
我们渐渐褪色
月白的衣裳消失,在回忆里

花粉被吹走,阳光
被吸收。褪色,黯淡
有花在开

画笔勾勒出轮廓
却无力装饰水面
心中的虚无,扩散

第三辑　蓝色日记

扩散

篝火掉进无底的天空
浮云，如水草浮出水面

流岚

候鸟飞过的滩涂
是离夏天最远的地方
我们唱着离歌
站在极光落下的地方

樱花树下,女孩
哭着,笑着
转身留下一片明媚的春光
香樟树下的少年
弹着,唱着
起身落下一地璀璨的阳光

光和影是你我的牵绊
那束光带把我们拉向远方
一直拉向
那个候鸟飞过的地方

第三辑　蓝色日记

梦里花落

天空暗下的那一刻
你闭上了眼
蝴蝶飞过你的梦境
留下一片极光

你笑过 说过 唱过
直到看见那朵花
飓风过境
灭了所有的声音

它的花瓣吸引了你的目光
朋友，亲人，恋人
从你脑海中滑过
你只能看着这朵花
周围没有声音

女孩们扬起的裙边

来日方长

男孩们飘起的衣角
风停了 都落了
你的脚步退回原点

风起了
天空亮了
你睁开了眼
蝴蝶在你的梦里扇着翅膀

第三辑　蓝色日记

倒影

光影琉璃般的年华
在汽笛响起的那一刻
碎了一地

未来的窃贼悄悄把它带走
我们在恍惚间看着水里的倒影
空洞
瞳孔无限放大

我们还是我们吗
我们知道
也许我们不知道
脚下的地平线正在燃烧

双脚宛如离开地面
低头探向水面
迷失了 原先的涣散了

来日方长

灯光垂下的金穗缠绕着

那股强大的力量把我们推向夜空
我们像纯洁的灵魂
像虚无的傀儡
我们听见岩层断裂的声音

船离开码头
熟悉的汽笛声卷走了那些光点
最后一次回望大地
留下的平静水面

第三辑 蓝色日记

距离

站在木屋前
看着那段通往小河的桥
你坐在尽头
拿着鱼竿回头朝我笑

你消失的那天对我说
不要再留恋
哦，太阳花女孩
我怎能忘记你

桥的影子从左边移到右边
我从屋后走到屋前
说好的在床头听雨
也都成了我的彻夜无眠

直到屋檐下的冰凌都化成了水
春天才来临

来日方长

哦，太阳花女孩
我怎能忘记你

我们间的距离
还有多少年的阻隔
我闭着眼
想象你走到我身边

这一生的良辰美景
哗啦啦地流淌
哦，太阳花女孩
我想我不会忘记你

暮色

那是从暮色中飘落的羽毛
候鸟刚刚离开
伸出手遮住双眼
暮色从指尖流过

海滩上的贝壳
每一颗都是你的泪滴
落下的雪花
是你睫毛投下的阴影

风吹起你的裙摆
留下一片沉睡的玫瑰
野蛮生长
蔓延

是人鱼吗
眺望城堡

来日方长

从海面上跃起
却只留下背影

是虚设吗
一触即破
不愿离开
却又假得真实

太阳在海面上化作最后的泡影
我们在沙子上留下记号
下一次出海
暮色才相伴

第三辑　蓝色日记

无题（一）

有些人像拾荒者一样
怀念过去
有些人像提线木偶一样
摆弄眼前假象

存在在浩瀚的宇宙里
追寻漫无天日的悬浮
黎明前的出海
我们才真正看清了原本的面目

空间里的维纳斯挽救不了任何人
那些驾着太阳车的人
也到不了想去的远方
地球翻转的时候
另外一颗星辰从脚下升起

只有经历了才会明白

来日方长

过往云烟
比我们想象中的更快
透过瞳孔
才会知道
有些幸福流泪了也换不来

愚蠢的人
只会看着沙漠里的仙人掌
剩下的人
早已将玫瑰刺握进掌心

海平面下降后
褪去的白沙在我们脑中留下沟壑
地球重又倒转后
有星辰滑过银河

第三辑　蓝色日记

无题（二）

嘀嗒嘀嗒
时针在转动
嗒嗒嗒嗒
她红色的高跟鞋声

咖啡店老板
在门口挂了牌子
酒吧小伙
今日唱着情歌

转角
有盆花
有她的气息的玫瑰
高跟鞋还在前面

胸口的时针在转动
像急促的呼吸

来日方长

像某种
倒计时

太阳当头
压低帽檐
就快了
那抹红色一闪而过

今日的玫瑰
为什么别样红
阶梯口
阳光折射过镜面

消失在泰晤士河畔
狙击手已经瞄准
圣母院后
这一天的太阳

第三辑 蓝色日记

时差

海鸟飞过
有怀表从它嘴中掉下
落在沙滩上
摔碎了玻璃
海鸟衔起了一颗珍珠
飞走了

听,那些柔软的时间流出来
时针渐渐被冰霜冻住
世界像破坏的沙漏
有沙子溢了进来
有些还未发出的短信
化成了灰烬

在彼岸见到的你
却仍收到了我的来信
你不知道该怎么回信

来日方长

把折好的信纸丢进海里
你自欺欺人
让大海去承受那无所谓的痛苦吧

我们曾经留下的脚印
被海水冲刷平整
醉酒后的你却仍会笑着
以前的那些就随它去吧

我试图旋转时间轴
融化冰霜
不甘心时间后的你我有分别
海鸟从我手中衔走了怀表

第三辑　蓝色日记

重回

我们见过吗
记忆中幻成泡影的眸
只有七彩的光在浮游

目如星辰。我在
月光下等你,脚下的花
也是转瞬即逝

年少时的惊艳,挑逗了
时光,绚丽的油墨
泼满整个季节

我会念着你吗
不会。那是日月星辰的事
长眉斜飞,你在树荫里
窥探。身后的窃贼
都是偷偷溜过

来日方长

后来的擦肩而过
来不及回头,来不及
停下。什么也没留住

红色的影

小时候
国旗是百科书上的一幅小小的图片
火红的
有五颗星星
那是书中我唯一认识的旗
这些,是红色烙下的记忆

再长大些
国旗出现在诗歌旁的插画里
做成硬板贴在黑板上方
一抬头就能看到

我喜欢坐在教室里
抬头看着它
火红的
心里暖暖的

而现在
国旗印在我心里
能够举着国旗
骄傲地说
它在我的心里随风翻滚
挥动着红色的绰影

我的国

脚下的这片土地
在记忆里
一点一点地燃起温暖
你是我的国
每一个中华儿女都眷恋的港湾

你迈着坚挺的步伐
在东方腾旋
奔腾不息的血液
巍峨雄壮的骨骼
催促着新时代的钟声

滚热的汗水
从脚下出发
蜿蜒到每一寸土地
你乘着时光机飞速向前
我甚至来不及回首顾盼

来日方长

当身旁的事物都化成一条条光线
才知道你有多快

心里的钟声
不断响起
催促着我奋勇向前
直到为你骄傲自豪
一滴热泪落入土里
我爱你
我的国

杂货店

玻璃门上的陶瓷风铃
带有雨水的伞
他又来了
隔着镜片也能感觉得到的气息

雨天也是不错的
急急地跟在后面
看行人匆匆而过
你安静地坐着

当当当
12点的钟声响起
少年又该到另一个时空了
杂货店的隧道开启了

笑着冲他点点头
手中的账本又多写了一行

来日方长

再见，少年

有多少个入口
有多少级台阶
有多少颗火苗
只有他自己知道

当当当
15点的钟声响起
合上账本
金丝框眼镜将光折射在上面

熄灭店里的最后一盏灯
少年已经去往哪个世界了呢
关上玻璃门
拿起带雨水的伞走入人海

第三辑　蓝色日记

雪山

猩红的裙摆
在山顶绽放出夜晚最耀眼的花
脚下的斑斑血迹
像她嘴角邪魅的笑

地狱之火的历练
在她的脸庞上留下烙印
俯瞰山脚下的一片漆黑
只觉得黑色的血液在流淌

有火焰开始吞噬裙角
金色的脉搏涌向冰雪的尽头
是远方悬浮的灵物
将她变成这暗夜的魔

原先的那具躯壳
早已被丢弃在地狱

来日方长

重生后的犀利眼神
放出浑浊的光

嘴角鲜红的伤口
一点一点地滴血
随着牵动
触目惊心

雪停止落下
周围的光火被瞬间抹杀
大片的蝙蝠从远处的高楼中飞出
留下瘆人的月光

山顶的雪在慢慢融化
风流翻滚着
一场风暴过后
她还是小女孩的模样

第三辑　蓝色日记

草地

头顶的卷层云从中心向四周散开
天空打开了一扇窗
劫难过后
四围里是新的色彩

漫过膝盖
但仍觉得在脚边
然后我们站在云端
却也在仰望天空

这似乎是卷层云的中心
是光源的发源地
是我们的出发点
最开始的开始

漂浮在水中的云
托起手中的纸飞机

来日方长

远方的房顶
冲破光线

旋转
轻轻飘落
天空仍在我们头顶
脚下是劫难后的大地

直到双臂变成透明的翅膀
直到发丝随风飞扬
直到双脚离开地面
直到卷层云离我们越来越近

我们离开了草地
这轻柔的草地
这漫漫的草地
这草地

第三辑　蓝色日记

齿轮

那条毒蛇缠绕在铰链上
警告地吐着红舌
目光蜿蜒向上，直达尽头

像是有金色的粉末
在争相叫嚣，不断涌出
让你直线下沉

巨人推动滚轴，齿轮
慢慢转动。咔 咔
我听到齿轮慢慢转动

毒蛇沿着铰链
向上滑动，咔 咔
第二层的齿轮开始转动

不断地，底层的齿轮

来日方长

带动着上一层的齿轮
铰链渐渐上升
咔

最后的一个停止音
之后，铰链停止上升
齿轮停止转动
毒蛇咝咝地吐着红舌

第三辑 蓝色日记

一半

门前有块地
一半种满,一半荒着
种满那块
一半开着花,一半长着瓜

荒着那块
一半翻了土,一半施了肥
没结果,那就让它荒着吧
没人会为了几颗种子难过

村里人绕着太阳跑
一半走了,一半留着
一半像孩子,一半似老人
一半想着自己的事,一半想着别人的事
一半笑出了声,一半哭出了泪

来日方长

那年夏天

无数次的重逢,也不及在这里相遇
太阳从我们右手边落下
西太湖的云染上了惹眼的色彩

落叶回到树梢,光影从夏至匆匆赶到大暑
最后一次走进暮色,教学楼前的草尚有温暖
风吹散了楼顶飞鸟的剪影

时间缱绻在手里,飓风过境
留下了花开的声音
通往远方的路,走远点,走慢些
背后拉起的光芒永远不可能被遮挡

在未来的银河里写下最认真的笑话
有些故事无人提及,有些故事还在继续
让梦想在脚下剧烈燃烧
不是所有的虹都在雷雨过后

第三辑　蓝色日记

拼尽全力热爱所爱的，祈祷，聆听
像每个夜晚爱慕着温暖的月光
也曾迷失自己，把折断的翅膀扔进雨里冲刷

站在离夏天最近的地方，任良辰美景似水一般流淌
风撩起发梢，灌满胸膛
听年轻的心在跳动
眼里的光点亮了璀璨星海

树荫下最后一朵蔷薇消逝了芬芳
天台只想着让影子肆意伸向天边
教学楼关上了最后一扇门
时钟指针慢下脚步

西太湖的云会一直变幻模样
阳光不知疲倦地在南北回归线上来回移动
那年夏天再也回不去
追梦的那群少年也不再是我们

秋风里的秕谷

无人知晓
生根，发芽，结果

无人感应，风吹过
是否温暖，寒凉

无人享受锋芒外，褪尽
锐气的良辰美景

无人体会，单薄起舞的孤独
明知此生了了，也要
坚持一颗种子的信仰

第三辑　蓝色日记

雨的印记

温柔的雨夜,你脱下
羽毛翅膀,告诉我
眼下的泪痕,是雨过的踪迹

暴风雨夜,你盛装出席
华丽谢幕,终又全身而退

我见过你哭,晶莹的泪
从清澈的眼里落下
你说,这是雨
我没告诉你,像梦中开出的
冰莲,在极寒之地静静地开

预兆

一年三个季节,深秋
祖父会拉着我的手
去看演出

有人站在幕帘前
我看见他,面具上血红的
微笑的唇,面具后黑白分明的眼

观众席上,零星坐着几个人
穿礼服的人,昂着头
坐在第一排

祖父低下头打盹
我伸长脖子往前看
脸上挂着笑
看别人冷漠地喝彩

第三辑 蓝色日记

路口

黑狗一路狂奔向路口
白猫悠闲穿过路口

我站在田埂
给夕阳添色
加一点夜幕
加一抹晨曦

踏着天梯
更接近画布的上头
离地面更近的
断了一层又一层

路口的黑狗和白猫
一声声地叫
殊不知,背景
暗下去又亮起来

来日方长

亮起来又暗下去

我最后一次
站在路口
离地面越来越远
离夕阳越来越近

第三辑 蓝色日记

我想说的

你问我,我只能说
我从遥远的地方来
想告诉你很多事情

我想做我想做的,在山头
种棵草,像疯子一样
边唱边跳

我还想——在山脚种朵花
最艳丽的颜色
和开放在夜空的焰火一样

我问你,你不必回答
我不奢望能在你心里
种一棵小白杨

来日方长

冬天，写下更多的诗行

路灯，高傲地站在
你我之间分不清飘落的
是雨，还是雪

你说，看
雪花。假如我是一朵雪花
翩翩地在半空里潇洒
我知道你偷用了南湖的诗

雨雪，只见了你一眼
为你停止了呼吸
慢慢地，在心间留下足迹

待融化后，水印
干涩地留在边缘
期待着下一片雪花的降临

第三辑 蓝色日记

拐杖

塔楼里，住着拿着拐杖的
老绅士，弹奏着无眠的
蓝调布鲁斯

在南北的街道上徘徊
斜靠着，南北方向的栏杆

墨色，贪婪地将天空遮蔽
窃贼盗走了老绅士的拐杖

金鸟再次升起时，塔楼里
是单音符的，蓝调布鲁斯

20，20

20年，等一个人
就像是20年
等一朵花开

有期待，却没有尽头
怀着欣喜，也相遇失落

一双人，在长了青苔的土地里
空等。两颗心，等来
雪花最后的破碎

月光的谎

天黑了
是个把戏
月亮点着灯
明晃晃照着人眼

暗色的树,地面
甚至是路灯,行人
无奈把黄色的月光
衬成白色

才有了寒霜似的,冷冷的
月光
骗了世人千百年
无数个记忆中短暂的夜晚
也曾像日光一样
把一切笼罩在自己怀里

你听

钟声,穿过旧祠
把上古的文字
化作,角落里梅花
的香气
传送到我心里

湖心亭,一点一滴
唱着一世纪的情歌

雨水,从老者的掌心
落进青石板缝细
漫延,
流到佳人心尖

她说

在姚江码头，
开一朵雏菊
看着，码头对岸的
清瘦姑娘

远山，飘散出的
冷冽气息
终会穿过亭桥
留在行人伞尖

炊烟，向码头离人
伸出手
带上更多记忆，
再分别

吾梦

撑一叶小舟,
向着漓江深处
飘去

放下船篙,撑起水中星
看古树的影子
在水中颤动

学奥菲莉娅
在斜斜的枝桠上
放上花环,任由
花瓣落成水中星

第三辑 蓝色日记

无题

墨色,覆盖整个夜晚后
心中变得亮堂起来
跟随迷雾
到达长满彼岸花的滩涂

水草,会蔓延到脚边
把你拉向深渊
感受,水气包围

光线,最终打散在水面上
一抬头,竟是满眼的水草

筹码

跨过千山万水,去见你
像誓言里说的那样
拥抱你和每一片雪花

把我为你读的诗行
都一一履行
第一朵野花
也向我致意

风一路地吹
把我的行囊吹散
我带着诗集
不远万里来见你

第三辑　蓝色日记

信使

是的，我每天写信
随意填下收件人
然后，把每一封信
都放进那个破邮箱里

是的，一个没有底的邮箱
信封自然而然地
落到地面上，积成一小堆

我等着，无知的孩童
随手拣一封
哪怕随意地丢在路上
我等着，流浪人把它拣起

忘记你的时候

我把窗边干枯的白色玫瑰
丢到垃圾桶里
重又买了新的
一天天浇水
过着平常的日子

不奢求一场大雨
雨后的彩虹总躲在迷雾里
月光惨淡地看着我
没了你的影子
像看着一个陌生人

任时间流逝
我不想思考
下一秒,哪片阳光
会落在我头上

问你

我问你
阴天，雨天，晴天
你喜欢哪一个
你问我，你呢

我问你
太阳，月亮，星星
你喜欢哪一个
你问我，你呢

我逃避那些敏感的字眼
你躲开那些无意的问题
我问你，你问我
是这辈子不断的轮回

做梦

它是一张网
若有若无爬上屋顶
静等猎物出现

它有机械手,水晶心
一根一根编织完美的情节
散落在外面
散落在里面

当万物沉寂
你想着它,它想着你
梦醒时分,一切成真

悬念

路人,我问你
东边的那条河结冰了吗
我站在南边
看着阳光赤裸裸地,躺在水面上

老者,我问你
园子里的花开了吗
我坐在园外
园内墙角的梅花树,被砍去了枝桠

孩童,我问你
下雪了吗
我爬上了屋顶
看见雪化成了雨

凌乱

玫瑰花,被削了刺
摘了叶
扔在地下室里

颜料,砸在画布上
剩了空壳
散落在水泥地上

窗框,腐朽
惹得人凑近
看见满园的绿叶
挂着露珠

喷泉

教堂前有个喷泉
长着翅膀的天使,安静地
注视远方

某天,教堂被夷为平地
天使被暂时丢弃在附近的花坛里
折断了翅膀,泉水变成了眼泪

夜晚,月光把花坛照成白色
只剩下折断的翅膀
醒目地躺在泥土里

来日方长

一个人

多好,我一个人游荡在这座城市
像一朵浮云飞来飞去,不依不靠

我可以随着风,可以跟着水
去到任何我想要去的地方
快乐得像只蝴蝶

不用停歇,不用驻足
只要走到城市的边缘
轻轻一挑
就能将它的另一面翻转过来
继续不停地,游荡

第三辑 蓝色日记

沉默

他是剧中人
演绎着别人的生活
嘴一张一合
说着别人的台词

她是台下人
像是出席晚会,吃着
蜜饯,和女友说说笑笑

灯光落在他的肩头
在身后拉起长长的翅膀
眼里全是她轻佻的笑
和挥动着的手帕

卸下一天沉重的假面
偶有闲暇,拿起炭笔
谱写她喜欢的曲子

来日方长

从来都只是带着弓
撩拨心上的弦
听单调的音符
从血管里流出

她在转角处,只留下魅影
匆匆跑过,只为躲过
面具下的笑脸

其实,她是生活的笼子
灯光熄灭的那一刻
这场哑剧,进入高潮

有趣

无聊的人,总会做些有趣的事
至少在他们眼中,是有趣的

卷发男孩坐在教室里
想方设法躲过威尔斯太太扫来扫去的目光
于是,他趴了下来

额前的发丝刚好滑落
有一下没一下地将它吹起
目光无意间瞥见墙角的蜘蛛
在蜘蛛网上有一下没一下地晃着

不过是在打盹吧
呵 无趣。不久你就会掉下来
卷发男孩移开目光

威尔斯太太也打着盹

来日方长

目光开始游离,睫毛扇动的
频率逐渐下降

吆 蜘蛛。多小呵
蜘蛛网,你就慢慢晃吧

威尔斯太太有节奏地
点着头,这就是这个下午

第三辑　蓝色日记

伤口

咸咸的海水
从眼角滑落
水晶灯下
有许许多多的我

空洞的窗前
像她离去的背影
眼前飞过的气泡
开始漏气

下沉
直到我将身体探向水面
有光点吸引着我
将心上结疤的伤口重新撕裂

沼泽泥泞
漫过头顶

来日方长

即便睁开眼

也无法呼吸

海岸线

灯光闪烁

考验

每一题

只剩下一人

逆流而上

潜在心底

伤口不触碰也疼

墙上的每一个影子

都是我

都不是我

最后都是伤口

第三辑　蓝色日记

角落

角落里有一只
猫头鹰，睁一只眼
闭一只眼。身旁倒挂着
一只蝙蝠

戴着尖顶帽子的老妇人打开了窗
伸手将猫头鹰引进来
下一秒，蝙蝠飞走了

小镇又恢复了寂静
直到，啪
圆顶红房子的瓦片破碎

叮叮当当滚到角落里
阳光照在瓦片的杂质里
璀璨，如夜空中的明星

来日方长

直到夜晚
小镇才恢复寂静
紧闭的窗户,像听着歌的婴儿

咔哒。角落里的窗户被打开
戴着尖顶帽子的少年,将猫头鹰
放了出来,咔哒一声关了窗户

布谷。房顶的鸟叫了一声
猫头鹰抬起了头
蝙蝠又飞回它身旁

全剧终

旋转。跳跃
舞台的灯光,刹那间熄灭

又在下一秒
点起一盏。演员,息足

转轴还在滚动
屏住呼吸,等待木偶
醒来的那刻

没有谢幕,没有掌声
没有鲜花。人们仿佛
在看一场闹剧

红丝绒帘幕,机械拉动
剧场所有的灯
都亮起。离场

来日方长

没有人知道
那时木偶睁开了双眼
没有续集。已经
全剧终

第三辑　蓝色日记

蓝色日记

鲸鱼在深海鸣叫

传到熟睡人的耳朵里

雨夜将约会拖成失约

伞被风刮得支离破碎

无人能等到深情告白

唯有火焰吞噬着情诗

小街亮起灯盏

转角处酒吧的老门被推开

吉他手在角落哼自己的歌

脚边撒满玫瑰花瓣

酒精流过冰块，一路淌进心里

雨夜还在继续，打乱了平静的空气

艺人在屋檐下拉着忧伤的琴

吸一口烟，任琴声飘散在半空中

第四辑 来日方长

我用月光下酒

我用月光下酒
晚饭前这么想着
看着院内的石桌
觉得自己像个诗人

我想象着有佳人陪伴
为我斟上酒
月光静好
琵琶女在一旁奏乐

我想象着那是个夏夜
蝉鸣伴蛙声
流萤绕繁星
过着仙人的日子

我想象着天空有雨
细细的疏疏的

第四辑　来日方长

不淋湿发丝
却能沾湿衣襟

我拎着一壶酒
院子里的月光静好
没有佳人
没有乐声

我为自己斟上酒
轻摇琉璃杯
待到杯中缕缕光影
我用月光下酒

影子

女巫的黑猫,偷走了
魔法戒指,幽蓝的宝石
像它的眼睛

黑猫走路没有声音
像来自天堂,像来自
地狱,那么远那么近

黑猫没有影子
它自己就是。当它的
尾巴,穿过荆棘地

女巫用魔法棒
变出一桌子的早餐
黑猫在一旁偷看,挂在
尾巴上的戒指一闪一闪

第四辑　来日方长

浓墨晕开的夜晚

女巫不再出现

没有影子的黑猫

在布拉格的小镇上游荡

在尖顶房的转角

黑猫的影子渐渐被拉长

一点一点，投射到砖瓦墙上

好奇的人偷偷去看

女巫快速跑过阶梯

没有影子，没有声音

有人看见她手上的那枚戒指

一闪一闪，一闪一闪

全世界

直到有一天
我站在上帝的视角
俯瞰地表
头顶仍旧是我的天空

或许也是你的
那片海豚飞过的天空
托举伞下城市的天空
我们记忆破碎的天空

下一秒
我又回到小屋
耳机里循环播放着
女主角的眼泪

星轨在头顶上方流转
像是安琪儿的羽翼掠过面颊

第四辑　来日方长

雪白的窗帘
张扬肆意的翅膀

阳台的栏杆
一瞬间消失
地面腾空
耳边的星宿快速飞过

光线流转
生命飞驰
欢迎来到
我的世界

来日方长

把你藏在心底

我们一直在路上
身后的那片风景
似一阵影子悠悠然飘进身后的背包
当某天
有一片新的风景出现我们眼前
或许欣喜
或许惘然

有人大步向前
有人回首顾盼
却丢失了原先出发的地方
无奈迈出脚下的步伐

直到有一天
悄悄打开背包
那熟悉的风景便落入梦境
熟悉的暖风萦绕在身边

第四辑　来日方长

后来
有人踏上逆流的旅程
听听蛙叫
闻闻稻香

把这些年的念想
揉进糯米
拌入桂香
那是家乡的味道

后来
背包里的风景
幻作一片樟树叶
藏在心底

我怀念的

紫藤花,从秋千上迸落下来
碎了一地,绚烂了整个季节

蝴蝶翅膀,陈放在玻璃罩里
泛黄,褶皱

邀请函被封印在
火焰里,和钻石一起
燃烧着

窗外的雪,飘进炉火中
一层一层,堆积在玻璃罩上

吱呀。木质摇椅在火光前
慢慢摇,邀请函化作灰烬
呼出冬日的最后一口气

第四辑　来日方长

白光

有一片
很低很低的云
轻轻地
裹着一束白光

雪山在瞬间
一片黑暗
有只白鹿
化作一颗星光

裂石间
白花
收拢月光
颤抖

从花蕊
一直枯萎到山脚

来日方长

石缝间
染上了一层冰霜

白光
静静地
沉入水底
哀叹一口气

顺着
光滑的卵石
游动到
尽头的梦境

第四辑　来日方长

白树林

红衣女孩
走过高高矮矮的树林
留下白雪

一只狗
从北坡
跑到南坡
等女孩回家

坏了钟的教堂
在落幕前
敲响了
最后五下

乌鸦
抖动了翅膀
仓皇地

来日方长

逃离了白树林

雪融化了
雪还未融化
只看见
白色大地
白色树林

女孩和狗
从南坡走到北坡
留下平整无瑕的山坡

第四辑　来日方长

蓝海

甚至不能说
这是一片海
浅浅的，没过我的脚踝

站在这一汪水里
任凭我怎样跳跃
也没有一丝波澜

我站在，你的眼眸里
一捧浅浅的
蓝色的海

海中心
平静的漩涡
一点点，把我吞入

我慢慢地飘落

来日方长

只想仔细地
看看你的内心

蓝海在我的头顶
黑色的光环,包围着我
我在你最深处的眼眸里沉睡

第四辑　来日方长

空

等待一个朋友来拜访我

一起去登山
一起去游船
一起过画册里的日子

站在山顶用匕首
划开极光美丽虚伪的外表
看见极光背后的空洞
大口呼吸浑浊的气体

把天堂踩在脚下
我们有比天使更纯白的翅膀
我合上画册
继续等待
一个来拜访我的朋友

我不知道风往哪去

站在秋天的路口
有风
将夏日的气息
一点点挤压成水雾
抛洒到身后的彩虹里

那条路
弥漫着我们熟悉的味道
看不到尽头
也能听见秋果的爆裂声

马蹄在时间轴上转动,前行
走了无数个来回

我不知道风往哪去
但是,它一定会
把我们牵到同一条路上

第四辑　来日方长

等待收获的日子
我在秋天的路口
等你

八月

一场雨后,没人再看见她
海平面上涨后
有人说看见了她

一二月的雪,三四月的风
五六月的花香,跳过七月

只是时针转动的
三十一天,就像偷懒的舞者
在音乐中插了一段间奏

海水在阳光下
逐渐变成白色的修辞
反复冲上岸,带走离人的泪

总想着把薄荷汁
涌进熟睡人的耳朵里

第四辑 来日方长

总有人在梦中，错过
八月的海

来日方长

寻找时间的人

夜,爬上梦境
只听见
一声又一声的叹息

石头上的雨水
泥土里的花瓣
尽力抛向云端

海边的台阶断了一层
又断了一层
孤独的人行走在上面

孩童在树林里诞生
老人回到摩天大楼
无知的人攥紧手里的缰绳

沙漏摔碎那一刻
有看不见的粉尘
躲进阳光里

第四辑　来日方长

染

都以为
彩虹出现在雷雨后
却不知道
颓废的汤姆斯给彩虹染上了灰色

把时间折叠起来
以为幸运会出现在折痕的角落
把心捏成草率的形状
以为痛苦悲伤可以揉藏其中

明知道这是无力的
却还在骗自己
一个人站在冰山上
听风把胸膛吹得闷响

你像黑夜的骑士
我只能看到雾般缭绕的袍子

来日方长

我们的心慢慢
靠近，收缩

你在白昼间留下一个诡魅的笑
时间还长呢
转身的瞬间
落入万丈深渊

脚下的土地开始塌陷
直到我回到最初的地方
彩虹后的那片乌云
将整个城市照得光芒四射

立春

那是他们的初见
相遇
那是他们的天真童年
欢乐

像是有什么从天而降
落下后却又平静如水
春天的前奏
白昼的开始

坐在石凳上轻轻摇晃着
晃动着彼此间的小秘密
有小精灵在飞舞
春牛在草间漫步

地面上的寒冷
都融化在细细的阳光里

来日方长

侧耳倾听
有骨骼的声音

顺着这最初的阶梯
有一股带着讯息的暗流
在门外涌动着
随时蓬勃出发

这里是立春
零的起点
他们的脚步在这里落下
前面的路途还遥远

第四辑　来日方长

雨水

他撑着伞
站在巷子的尽头
懒散地回眸
等着身后的女孩

这天开始
雨渐渐多了
他们举着伞骑着单车
摇摇晃晃地行在路上

他似乎一直都在前面
那么远又那么近
心中的寒流暖流波动着
弹奏出的音符轻轻跳跃着

雨水像是迎面吹来的
顺着指尖

来日方长

滑进鼻腔
闭上眼

二月终于还是移开了半遮面的琵琶
将漫天飘飘洒洒的花瓣
幻化成水珠
将一点点的阳光拉进来

雨水描绘着柴米
勾勒着淡淡的春色
地表渐渐升温
还有他们的故事

第四辑　来日方长

惊蛰

春雷穿过层层的云
直射向地面
于是
苏醒的种子播下了

像是神灵
轻轻挥动衣袖
笑呵呵地唤醒
她亲爱的臣民

春雷终于来了
前几日的小雨和升温
将她从洞里拉了出来
吹出真正的号角

三候始 春耕启
月初的桃花倾吐自己的芳华

来日方长

杏中的黄鹂鸣着翠柳
鹰化为鸠时蔷薇花开了

他们站在报亭下避雨
远处的春雷还在响着
一声一声地撩拨着她的心弦
她抬头看看站在自己身边的他

余光之处是不断的雨帘
我喜欢你,她说
他没说,我也喜欢你

第四辑　来日方长

春分

站在地平线上
左手是白昼
右手是黑夜
只一转便又回到从前

杨柳青青
先前的桃花着了魔似的
大片大片地覆盖在人们心里
是暖意融融的

当太阳直射在赤道上时
严寒离开了
万物开始生长
水流从地底向上蔓延

空中的纸鸢都是一个个脱了线的梦
春牛一摇一摆地走了

来日方长

雀儿嘴黏了糖鸣了起来
奔赴一场新的约会

春分了
90 天的中分点就这样画上了
隔着教学楼也能看见另一端的他
他在走廊上跑着

她用笔轻轻敲了敲脸颊
窗台上飘落下一朵桃花
嘿，你也看到她了
对吗

第四辑　来日方长

清明

又是雨天
路边的草高高地长着
草尖处雾蒙蒙的
仲春与暮春在这里携手

眷恋着远方
牵绊这脚下
春和景明
良辰美景

她坐在秋千上
看着他在一旁插柳
这是他们相识的地方
重又回来留下无限遐想

小路上的风吹动着
那些踏青归来的人

来日方长

一点点的湿润在空气中扩散
氤氲着他们的气息

清明
她深吸一口气
空气 万物
都是清洁而明净的

微笑着看他的背影
在光晕中眯了眼
秋千从最高点落下来时
梦境泻了一地

第四辑　来日方长

谷雨

雨生百谷
于是下了一场雨
春天的最后一次降水
最后一次邂逅

寒潮装进了冬天的口袋
漫天飘扬着的柳絮
是它留下的影子
飞扬

我们带着仓颉的愿
迈出自己的一步
不留恋身后的缥缈
朝着杏花盛开的地方

杨花落尽子规啼时
就到了暮春

来日方长

春天的尾巴
也是一个新的预示

浮萍开始生长
布谷鸟提醒农人
戴胜鸟也飞上了枝头
春雨便栖息下来

没有伞的遮挡
就这样轻松自在地站在雨中
她偏过头
看见他微微地笑过来

第四辑　来日方长

立夏

春天的末尾
夏
只是一个幌子
可爱的笑话

那个炎热的季节就要来了吗
低头花谢了
抬头时也需要眯起眼睛了
这样一个火热而又浪漫的季节就要来了

雨似乎是个凑热闹的孩子
这几天也越发多了
在阳光透明的地方
伴随着热切落下

她站在槐花树下
仰着头努力避开阳光

来日方长

余光里却全是他
双手背在身后

他也在偷偷地看她
随着温度的一点点升高
原先那个寂寞的天空
正悄悄露出最可爱的颜色

阳光继续耀眼着
滞留住周围的气流
带着一股丝滑的粘稠
慢慢拖动整个章节

伸手接住那朵槐花
指尖传递着的讯息
她低着头
他只是笑

第四辑　来日方长

小满

太阳在经线上
继续留下痕迹
农人在田间唱
小满江河满

小船
一点点上浮
雨水
多多少少

槐树叶子
挡不住的流金
周围的空气
染上跳跃的火苗

稻秧
拂过面颊

来日方长

水流
穿过脚尖

青黄不接
像是句玩笑话
春风吹
苦菜长

她看男耕女织
他看着她
任由思绪流淌
一点点萦绕

农人看着
年轻美好的他们
梅子青青
小满还早

第四辑　来日方长

芒种

节奏的鼓点
珍珠般落玉盘
螳螂生
鸟始鸣

芒种
是理所当然的
芒之种谷可稼种
心情随着气温逐渐升高

梅雨
总是来得
猝不及防
潇潇然涨满河塘

青梅下一秒就熟了
无人论英雄

来日方长

百花凋落不可惜
闲暇学黛玉

门前的槐树
终究还是收敛了阳光
她看着永远不停的雨
呼吸着湿润的空气

他站在雨中
听蛐蛐唱歌
呼吸着同样的湿润的空气
想着和她在一起的日子

第四辑　来日方长

夏至

北回归线
有了自己的日子
九十度的黄经线
炫耀着火热的一天

情愫
开始蒸发
从脚底
飘到太阳

墙角的吉他
安静地睡着
夏至未至那首歌
暂时退出舞台

土暑
连着的日子

来日方长

在绳上
系上了最早的结

鹿角解
蝉始鸣
半夏生
麦芒收

窗台上的折扇
残留他的温度
白昼变长
不必担心暗夜的思念

第四辑　来日方长

小暑

日光和雨水较着劲
知了在热浪里压抑喉咙
期待下一场雷雨
入伏后的城市
蒸腾焦虑

蟋蟀带上讯息沿着黄经线赶路
一个人的气息传过来
她看到了一朵芝麻花

大暑

他在院子里喝凉茶
听老婆婆有一搭没一搭说闲话
看她在窗边摇蒲扇出了神
大雨总是猝不及防
年轻男孩的衣襟惹人怜爱
待到雨停院里又叽叽喳喳
伏香在夜晚的萤火里点亮一场约定

第四辑 来日方长

十年

我曾想过,不再记起那些年
光点追着我们一路飞在折纸时代
站在树荫下看着你的影子

再十年,依旧为你撑伞
没有告别也心甘情愿
从我身边走过
会忍不住牵起洁白的衣角

给我留盏灯
拿起窗边丢失的捧花
世界变成了最初的颜色
冬天的雪染白了我的发

水的等待

运河慵懒地躺在河床上许久
像上古时期流传下来的神话充满记忆，
承载着起点和追寻的答案

光晕偶尔光临此处，没了从前熠熠生辉
却也能闪着神秘的光

水会记住远行的人，所谓挥一挥衣袖
不过是暂别
没人能把运河彻底遗忘

它盼着远方的雨能落到这儿
一点一滴说着天边事
它也怀念春风拂柳的日子
一朝一夕望着眼前人

第四辑　来日方长

玻璃

有缘人
听到清脆的声音
我悄悄露出
卑微的一角

我从家中
分离出来
无人能左右我的想法

裸露在阴暗的墙角
总有一束光
有意无意把我照亮

我也能将
你背后的景
给你呈现
即便在寻找属于我的夕阳

一个人的演出

剧场的最后一盏灯熄灭
场外的灯,瞬时亮起

晚风。一束束开出了彼岸花
吹开了厚重的幕布

一个人,推开角落的铁门
坐在观众席的中央
看着幕布后面舞台上的人

夜。很暗很静
剧场。很暗很静

第四辑　来日方长

钢琴家和调音师

冰冷的铁门后
雪白的楼房里
有琴声传出
叮叮咚咚

月光把夜照得惨白
那个钢琴家不知疲倦地弹奏着
每到这相似的不同的夜晚
仿佛永不停歇

调音师就在他身旁
静静地看着他
仔细听着每一个音符
叮叮咚咚

当少年的手指停下时
调音师旋转发条

来日方长

不断流淌的音符诞生在琴键上
从窗口飘出

于是,每一个
每一个的夜晚
钢琴家和调音师
重复着他们的合作

灰白色的小城
每个夜晚
都浸泡在幽幽的琴声中
雪白楼房里的钢琴家和他的调音师

第四辑　来日方长

看星星的人

他在看星星
在画星星
透过望远镜
滑过画笔

池塘边的草
芃芃生长
没过膝盖
摇摇晃晃

他在画天上的星星
有许多绵羊走过
他也在画水里的星星
只能看见鱼的影子

天空不再是大片的深蓝色
粗线条般的

来日方长

凌乱地
撒在他的头顶

呵，我可爱的人
造世主站在画框外
看着这个可爱的傻子
没有人会懂的

他拉上帘子
掩盖住这个笑话
关上头顶的那盏灯
转身关上阁楼的门

留下那个画星星的人
他走到阳台
拿起画笔
透过望远镜描绘天上的星星

第四辑　来日方长

秋天的海

我想让海水
变成水
落在天台上
一滴一滴

我不想让秋天的海
还是单调的蓝色
它本该是
任何一种不是蓝色的彩色

我想让你
站在离我最近又最远的地方
垂眸能看到你
抬头也能

秋天的海
本应在它的世界里

来日方长

孕育着无数生命
却有无辜的人
失魂落魄投入它的怀抱

我不想让你
像秋天的海一样
不会拒绝
甚至是冷漠地包容

你本该在秋天
画秋天的海

第四辑　来日方长

等一个回家的人

一辆破旧的车，从远处驶近
一副快要散架的样子

松散的权威，在老人的注视下
树叶变成墨绿色的轻烟

雨从一两滴汇聚到玻璃上

老人模糊了视线
看不见那辆快要散架的破车
只听见"突突突"的声音

多年以后

多年以后
我还站在这山岗上
没有遍野的花
有山脚下的小木屋

多年以后
在伦敦的地铁站口
吉他手在弹唱
匆匆看了你一眼

还好
这是多年以后
没有遗憾
没有眼泪

不用担心望着飞机的背影
却无力飞起

第四辑　来日方长

不用害怕那些可笑的情节
为你我上演

即便是现在
我也会坐在落地窗前
看着灰色丝绒的窗帘
看着地上窗框的影子

即便是明天
我依旧会站在山岗上
看满山的玫瑰花
走过我们的小木屋

还好
我现在仍然拥有你
还好
那些只是多年以后

来日方长

明天

转眼到天明
我希望一天能够如此
不必看着时针慢慢移动
和太阳一起等待明天

有人会开启一段新的旅途
而我不会
明天会和今天一样
期待着明天的明天的到来

日日夜夜无所事事
和我的猫一起
在竹椅上轻轻摇晃
看着每一个日头

第四辑　来日方长

晚安

我习惯在睡前读一篇童话
省去复杂的情节
公主和王子单单纯纯走向幸福的结局

即使下雨，也要亮一盏灯
在窗帘上画太阳

可以数羊数星星
也可以再读一篇童话
夜很长，晚安
我的朋友

我是一座岛

我生活在一个平面里
像木板一样插在水中央
一片死水里
人们能轻松看到
我的背面,和单薄的身体

没有人愿意靠近我
岸边的游船深深扎进泥里
风吹不动水面,有混凝土禁锢双腿
我多么向往从前能够移动的日子

我是一座岛,没有原因
没有名字
因一丝念想,被困水中

第四辑　来日方长

一天又一天

种一棵月桂
要收买丘比特的金箭
埋藏在树根下
不会砍去她的一枝一叶

每一天都是我们的纪念日
所有的花都会在凋谢前
送到你的窗边
在看到太阳的那一刻
对她说我爱你

落叶

没有跋山涉水,没有漂洋过海
越过桥面
从江的一头走到另一头
这里的叶子还有夏天的气息
把所有的心事写在叶脉里
在冰雪之前,氤氲出期待
高高在上的枝头
和扑面而来的风,撞个满怀

第四辑　来日方长

来日方长

流水滑过青苔落入圆石缝隙
岁月像一片树叶呼吸
荷花错过了自己的夏季
光照在舞台上一晃而过

过去烦恼的音
想过流年的事
羽毛一样枕在脑后
安然入梦

月明星稀的夜
前方长路漫漫
不曾老去，也不必分离

隐匿的真实
——徐子茗诗歌读札

周卫彬

在卡蒂雅弹奏的舒伯特《小夜曲》中，阅读徐子茗这些暗流涌动的诗句，是极为适宜的，情感犹如湿滑的地衣在南方潮湿的阴雨中滋生，没有"愈来愈隐晦"，也没有"迫使语言就范"，而是身随水去，波光潋滟，声音和节奏流水般蔓延，从回荡着节律之声的洋洋辞藻中，窥见火焰、闪电与冰峰的轮廓，我们不由得对那一幕幕变幻的明暗之景，独享或暗叹，在那些无人知晓的孤独时刻。

细读这些诗句，我们会被一种熟悉的陌生感所打动，徐子茗经常会注意到一些看似无用的细节，由此去发现一些真正值得我们注意的琐屑，这些与日常的功利、繁碌的当下是无关的，更多的是细微的、私人的、习焉不察的场域，是毕肖普所言的"忘我而无用的专注"，譬如《秋风里的秕谷》组诗，开头连用几个"无人"，仿佛在诉说一个秘密，《八月》把这种私人化的表达，放到为大海这样更为阔大的画面中演

隐匿的真实

绎,然而她用了一个细小的画面来描写海水,"总想着把薄荷汁／涌进熟睡人的耳朵里",这种极为私密化的细节,把对外部世界的构建重新拉回对抒情主体的影响中,那是长久的观察与等待之后,对生活秘密更为细致的写照。日常的琐屑由此成为一种必要的内省因素,这种内省性有时还表现为一种冷漠与喑哑的状态,如《路口》《预兆》《沉默》等等,我以为这种冷峻之感,恰恰是敏感地想要强调某种渴望,即便这种渴望以放逐的方式展示。"最后一瞬间。我看见／风,把你卷了进去／周围是黄色的光",这些诗句都在衬托某种离别甚至是永别,值得一提的是,徐子茗的诗歌中,反复在书写某种离情别意,但这种离愁,更多在思考一个人与历史的关系,思考生命的脆弱与永恒,想要从晦暗生活的偶然性中,抓住生命中的必然,显得更为丰盈。《一个人的演出》可以说是这方面的代表,从一个人灰色的情绪,走向更为宽阔的生命地带,哪怕这样的地方带着边缘的意味(《异类》),却赋予诗人一种心理距离,一种洞中窥人的视角。退隐,停顿,然后凝视。从《离心最远的地方》到《冬天,写下更多的诗行》,这组诗既有时间上的追念,如《风刮来上世纪的气息》,又有空间上的多次位移,总之,诗人一直寻找一个更适合思考历史时空与个体生命的位置,诗歌成为对抗消失与遗忘的最亲密的联结,一如《冬天,写下更多的诗行》的末尾:"待融化后,水印／干涩地留在边缘／期待着下一片雪花的降临。"

就诗歌与生活的关系而言,我以为在很多时候,诗歌是在生活之外的,即通过对外在的匮乏选择,诗人得以推开窄门而走入丰盈和无限。这其实更需要一种观察和捕捉生活的耐心,就像纳博科夫在静静等候那只撞入眼帘的蝴蝶。对于徐子茗而言,这只蝴蝶时常呈现为某种变奏的姿态。《重回》组诗,由回忆引发出遗憾与缺失,但它们并未让诗人感到难以忍受的痛苦,而是流露出某种轻快的迷醉与耽想,还有擦肩而过的刹那/永恒意味。从一种蒙太奇般的视觉,到迷蒙的语调,完成了从幻像("七彩的光在浮游")到对现实重构的转换("停下。什么也没留住"),这种从幻觉到诗之真切的回归,焕发出一种心灵体验上的新鲜感,过往的一切似乎在追忆中得以重生,尽管"什么也没留住",但这是一种反向的证明,回应那些遗失的合法性。而到《影子》,幻象重新出现,以"女巫的黑猫","布拉格的小镇"等意象的对比法,暗示生活的无法重建,只有在心底留下一抹微暗之光。《角落》与《有趣》有种互文的意味,尽管前者带有惊悚的色彩,后者更像是生活的某个细节,但是他们是和谐的统一体,就像生活中的各种摩擦,直到被《齿轮》中的压抑感打破,但它不是沉沦的,而是在个体生命在挣扎中显得坚不可摧,由此产生出了一种坚定意念和一种形而上的慰藉。就像《全剧终》中的"木偶"睁开了双眼,被剥夺了精神性,重新回归,尽管已经"全剧终",但是那种隐忍之感,令人动容。

由此,我们或可看到,徐子茗的诗歌写作,还源于女

隐匿的真实

性独有的多重经验的混合，譬如女性的阴柔气质、对外在世界感受的退让性，有种淡淡的哀戚与隐隐的伤痛。这种混合的经验，有时表现出一种矛盾的、悖论式的美感，如在《蓝海》组诗中，海的平静，月圆夜的失落，都呈现出某种童话般的意味，而《深白色》则是"呈现孩子般的天真／却无人知晓／背后深如黑洞的笑"，一方面使原先的情感色彩发生逆转，另一方面，也是由于对形成这种的情感的诸种因素的深入沉思，发现其隐秘的暗面，此时，我们体会到某种女性特有的敏锐与细腻。从《天窗》到《我怀念的》，展现出情感的挫折与坚定，特别是《琉璃》，通过"我"与"你"所拥有的特质比照，有种内在的戏剧性的张力，"月光也将朱红色的墙／照成血色，倒影／在护城河里，一闪一闪／像琉璃，像你的心"，我们仿佛感受到那种内心的隐忍，听到不得不说又难以言明的呢喃，而人生的真相似乎就藏在里面，但无法用一句话点破。这是不是孤傲，而是别具怀抱，试图用一种倔强的低语叙说情感的不同侧面。这种潜在的低沉与激越，在《我怀念的》这首诗中形成了共鸣与和声，紫藤花碎了一地，蝴蝶翅膀泛黄，"邀请函被封印在／火焰里，和钻石一起／燃烧着"，仿佛要将这压抑而浓烈的情感燃烧成灰烬。

仅管这种情绪看上去很激烈，但我觉得，徐子茗的诗很多时候予人一种哀而不伤之感，语言干净而俭省，很少长句子，清澈、精微而迟缓。言及诗歌的语言，我想起阿诺德在《最低限度的道德》中说的,"从主观的阴影过渡到对客体的纯粹的、具体的定义",他又说"除了能够充满主体的真理之外,没有其他真理可以表达",这种看似矛盾的观点,却让我们更加深刻地领会到,诗歌与自身的关系,就像雪莱说的"与每一种基本的欲望处于交战状态",这种状态既是外在世界与内在世界的冲突,也是发现"个人"的闪亮时刻。"其实,她是生活的笼子/灯光熄灭的那一刻/这场哑剧,进入高潮"(《沉默》),这样的个人语言,并非脱离了某种客观实在性,而是客观实在性的折射与反弹。之所以出现这种情况,一方面世界是被遮蔽的世界,我们只看到其部分,另一方面也存在我们自身囿于感官与经验的原因,然而有时候正是这种原因,却让我们在诗句中感受到了最大的满足,因为我们触摸到了那种创造性的直觉,在某种程度上,那是一种神性体验。

  这种体验表现在诗歌的语调上是缓慢、克制而内敛的。我觉得,诗歌的语调于徐子茗而言,不仅是抒情的,还具有独特的形式特征,即是从中国传统美学的启迪中,发现简洁畅达之美,从而将现代诗歌的晦涩性,以一种清朗、纯澈的语调,冠以"偶然性轻盈透明的外壳",一如徐子茗的诗歌较少使用华丽的辞藻,而是采用最为有力和最能表达个人情感的词语,避免了情感因为辞藻的华丽而流于空洞。那些朴素而晶莹的句子,犹如水银泻地,散发出自然清亮的光芒,以溪流拂岸的方式,不断重构、扩大文本的抒情张力。

细细读来,我发现徐子茗采用的其实是一种小火慢炖的写作方式,一点一点熬到滴水成珠。其实,要做到以简胜繁并不容易,因为要摒弃那些炫目的表象,就必须依靠内部力量的深入,在某种岿然不动的姿态下,让峥嵘的内心更加清澈,犹如退潮的海岸,蕴含着生命搏击的力量。徐子茗的诗中,大量的停顿、留白、翻转,让诗句从语言的引诱与心灵的风暴中突围,漏下的是"诚"与"真",一如特里林所言,"真实意味着穿过所有文化的上层建筑,到达一个地方",在这样的地方,词语与情感都安放在妥帖的位置,呈现出"真实"的本来面貌。

作者简介

周卫彬,中国作协会员,江苏省文艺评论家协会理事,江苏省作协签约作家,江苏省紫金文化优青,曾荣获江苏省紫金文艺评论奖、"长江杯"江苏文学评论奖、江苏文艺大奖·首届文艺评论奖等。著有随笔集《浮影》、评论集《忘言集》。